KB076967

오늘 여기, 제주

오늘 여기, 제주

강연주

조은별

소광오

차재혁

북멘숀

육지에 살던 20대, 30대, 40대, 50대가 제주살이를 시작
(始作)한지 1년~4년. 각자의 이유를 품고 입도 하였고, 오
늘도 이들은 제주살이를 돌아보며 시작(詩作) 하고 있다.

어떤 제주살이를 하냐구요?
소금막 해변에서 서핑을 즐기고, 범섬에서 스노쿨링과 다
이빙을 하고, 올레길을 걷고, 통오름과 바다목장에서 별
을 바라보고, 봄이면 고사리뜯고, 유채꽃과 벚꽃, 무꽃과
메밀꽃, 수국과 코스모스 계절별로 꽃을 즐기고, 캠핑카
에서 파티를 하고, 바이크 타고 제주일주를 한다. 물론 일
도 하면서 육지와 같은 일상생활을 한다. 또한, 제주4.3과
해녀들의 삶에 대한 고민도 마다하지 않는다.

이러한 제주살이의 설렘과 진지함이 이번 시집에 담겨져
있다. 서핑을 즐기는 20대, 아기해녀 30대, 도자기를 굽고

바이크를 타는 40대, 올레길과 포구를 완주한 50대의 4인 4색 제주살이의 이야기를 기대해 볼 만 하다.

서로 다른 이유를 품고 제주살이를 시작하였고, 각자의 제주살이를 하고 있지만 이들에게는 공통점이 있다. 시를 쓰고 있고, 오늘을 최대한 즐기고 있고, 여기 제주에 살고 있다.
시집 '오늘 여기, 제주'는 이들 네명의 이야기이며, 제주살이를 꿈꾸는 모든 이들의 이야기다.

| 차례 |

1부. 파랗게 칠해지고/ 강연주

2부.　표선 아기해녀/ 조은별

3부. 아무것도 아니다/ 소광오

4부. 모든 것을 두고 왔다/ 차재혁

파랗게 칠해지고

강연주

스물다섯 혼자 무작정 제주도로 이주
했고 강아지 한마리 고양이 한마리와
초가에 살고 있다.

이주

전하고 싶지 않은 편지
누군가 읽어주길 기다리는 일기장 몇 권을
맨 밑에 꼭꼭 숨겨둔 낡은 책가방
밤마다 남몰래 띵똥거리던
연습용 기타를 매고
집을 나섰어요

나의 오랜 동네였던 곳은
손끝 하나 붙들지 않은 채
꽤나 태연히도 나를 보내주고
덕분에 가벼운 발걸음으로
이곳을 떠나요
나 하나 없어도 모르는 곳이라
더욱 맘 편히 떠나요

바다 건너 그곳에 도착하면

먼저 택배 박스에 부처놓은

책들부터 꺼낼 거예요

그리고 내가 좋아하는 순서대로

책꽂이에 하나씩 꽂아놓을 거고요

그러고는 그동안의 밤과 다를 것 없이

둔탁한 손으로 기타를 띵똥거릴거예요

새로운 시작이란 단어에

떨리는 마음 전부 감출 수는 없겠지만

나는 태연한 표정으로

가방에서 꺼낸 일기나 끄적이고

아주 자연스럽게

원래 그래왔던 것처럼

기타나 띵똥거릴거예요

하루의 시작

잠에서 깨면 마당으로 나가
오늘의 날씨를 확인해요
쨍쨍한 날이면
마당을 가로질러 걸려있는 빨랫줄에
빨래를 널어야 하거든요

밤 사이 키가 커진 풀과
빨랫줄 사이사이
커다란 집을 지어놓은
거미가 얄밉지만
너도 집이 필요하겠지 하며
눈감아 줬어요

오늘은
마당 텃밭에 심어놓은
바질 몇 잎을 떼어

간단한 아침 요리에

넣을래요

너만 먹냐 하며

밥 달라고 울어대는 고양이

그래 네 밥도 챙겨줄게 하니

사뿐사뿐 다가와서는

내 코에 코를 맞대며 인사해 주면

그렇게 나의 하루는

시작돼요

섬

져가는 노을은 오늘도 수고했다는 듯
다채로운 색깔로 나를 기쁘게 해주고
어둑해질수록 선명해지는 야자수의 윤곽은
내가 이 섬에 머문다는 것을 다시 한번 알려줘요

제주의 삶에 영혼을 불어넣어 주는
자유로운 예술가들의 음악을 듣고 있을 때면
흩어진 물에 수채화 물감이 번지듯
마음속에 무언가가 살며시 물들죠

흘러나오는 음악과 약간의 알코올
기분 좋은 바람에 살짝 몸을 흔들어볼 때
내 마음을 물들인 것이 무엇인지
조금은 알 것 같기는 해도
설명할 수는 없어요

바람이 불어오면 고개를 돌리고

몸을 웅크렸을 나지만

지금 부는 이 바람은 피하지 않으려 해요

불어오는 바람을 바라보고

온전히 몸으로 느끼며

이 섬과 인사를 나눌 거예요

간택

꿈에도 몰랐지
비가 쏟아지는 늦은 봄날의 밤
약하게 태어나 살아보겠다고
삐앵 거리는 너
그날이 우리 서사의
시작이었다는 걸
너를 지켜보던 밤의 감정과
내밀게 된 손
아무것도 몰랐을
아니면 모든 걸 알았을
너의 간택이
우리의 이야기를 바꿔놓았다는 걸

초가

풀벌레 찌룽거리는 밤에
유난히 밝은 달빛 아래 초가는
자신의 존재를 고즈넉이 드러내고

저 굳세게 서있는
벽 속의 현무암은
어떤 남모를 이야기를 품고 있네

제주의 한 변두리를
단디 지켜온
옛 사람들의 노래가 들어있나

몇천 몇만 번의 바람을
모조리 받아내고도
단 한 마디 하지 않는 너는
얼마나 깊은 숨을 쉬고 있나

비

신이 나 폴짝거리는 강아지와
달산봉 둘레길을 걷고 있으면
더는 바랄 게 없다는 마음이
문득 들기도 해요

둘레길의 중턱 즈음에서
갑자기 툭툭 굵은 빗방울 떨어질 때면
곧 소나기가 쏟아질 걸 알지만
발걸음을 돌리지 않아요

빗속을 걷는 강아지는
자기 세상인 마냥 뚱땅거리고
빗물에 모든 걸 씻어내버린 나는
새로운 마음을 갖게 되니까요

소나기 개고

다시 하늘을 쳐다볼 수 있을 때 즈음

옅게 생긴 무지개는

나 여기 있어 라고 하듯 존재를 드러내고

나는 그 무지개를 보며 생각해요

역시 더는 바랄 게 없다고

동경

제주에 왜 왔어요?
바다가 가까우니까
정말? 나도 그래요

우리는 왜
태어나 몇 번 본 적도 없는 바다를
동경할까요
그리워할까요

깊은 바다일까요
바다 너머일까요

바다 앞으로 달려가
발끝 적시는 파도 힐끔 보고
조개껍데기나 만지작대면서
그냥 웃어요

잘 모르겠어서

그냥 웃어요

내가 좋아하는 너

호기심이 많아
선반에 이것저것 만져보다가
물건들 다 떨어트려
고장 내버리는 너

인형으로 놀아줄 때
상당한 점프 실력과
엉성한 사냥 실력으로
날 웃겨주는 너

노트북 작업할 때
꼭 키보드 위에 어슬렁
다른 버튼 눌러
당황케하는 너

저녁 먹을 때면

식탁 위에 슬쩍 올라와

오늘 메뉴는 뭔지

탐색하는 너

곤히 잠든 밤

몰래 방문 틈 사이로 들어와

머리맡에 얼굴 부비적대며

그르렁대는 너

산책

한창의 낮더위가 가실 무렵
그와 함께 슬리퍼 대충 끌고
바닷가로 나와요
이곳은 짠 기가 가득하지만
그마저 바닷마을의 삶을 잘 표현해 주는
하나의 표식이라 생각해요

한적한 동네의 탁 트인 백사장
바라보며 걷다 보면
내게 무슨 고민의 흔적이 있었는지
기억이 나지 않아요
그리고 나는 혼자 감사해요
이 하얀 모래들이
내 마음의 탁해진 물을
걸러주는 것 같아서요

붉고 짙게 진 선명한 노을보다는
표선 하늘에 은은하게 물든 분홍빛 노을이
더 좋다고 느껴졌다며
그에게 조잘거릴 때면
그는 그럴 수도 있겠구나 하며
고개를 끄덕여요

태어난 곳보다도
내 생에 가장 안정된 마음으로
살아가고 있는 이곳이
내 고향이 아닐까 생각도 해보지만
그에게 말하면 그게 뭐냐며 웃어버릴 테니
그냥 속으로만 생각하고 이렇게 말해요
내일도 이 바닷가에 같이 산책하러 나와요

나의 파도

무작정 파도를 타려 했다
조금만 눈을 감고
기다려주었다면
너도 그리고 나도
지금보단 괜찮지 않았을까

심호흡을 했다
나를 찾아온 네가
어디에 있는지
누구보다 빨리 찾고 싶은 맘에
누구보다 느리게 숨을 쉬었다

이제야
선명한 네가 보인다

비밀

간지러운 마음은
수줍은 미소로서 알아차려지고
불안한 마음은
응축된 한 방울의 눈물로
존재를 드러내죠

몇 달 밤낮을 바다에 표류한 남자는
해초를 뒤집어쓴 채 섬 끝자락에 밀려오고
모래가 잔뜩 묻은 발을
밀려오는 파도 밑에 아무리 감춰도
감춰지지 않아요

벌거벗는 일은
왜 무서울까요
가볍고 자유롭기만 할 것 같은데
왜 머뭇거릴까요
그런데 또
왜 자꾸 벌거벗고 싶을까요

해파리1

부드럽다고
함부로 만지지 마

언제든 쏠
준비돼있다

말랑거린다고
귀여워하지 마

언제든 쏠 준비
진짜로 돼있다

해파리2

잔뜩 힘주다
힘 다 빠져버리면

여기로도 저기로도
헤엄칠 힘 없게 되면

그냥 둥둥
떠다닐래요

아무도 없는 곳에서
둥둥

뭉게구름 쳐다보면서
그냥 둥둥

눈과 고양이

늦은 아침 잠에서 깬 나는
졸린 눈 제대로 뜨지도 못한 채
커튼 슬쩍 걷고 창밖을 보니

눈이다

펄펄 흩어지는 눈송이들에
괜히 들뜬 내 마음
어기적거리며 뛰쳐나와
제일 먼저 찾는 건
고양이

다들 어디 갔지 하다가
시선이 머무른 곳
눈 쌓인 마당에 찍힌 발자국들
안도하는 마음
그리고 설렘

그중에도 특히나
다리가 짧은 고양이가 지나가서 생긴 길
한참을 웃어대다
다들 어디 숨어있나
찾다 지쳐 마루에 앉아
내리는 눈이나 보며 기다리면

이쪽 나무 밑에서 어슬렁
저쪽 초가지붕 위에서 슬금슬금
어디 갔다 이제야 보이는지
쓰다듬어달라고 얼굴 비비며
옆에 와서 꼭 붙어 자리 잡는
눈송이 잔뜩 묻은 고양이들

오늘은 그냥 이러고 있을래
하루 종일
그래도 되겠지
너희랑 함께

여름 이야기

여름을 좋아해요

끝나지 않을 것 같던
장마가 끝나요
습한 공기에 꾹꾹 눌려
제정신 못 차렸지만
그 사이로 흘러오는
풀들의 냄새가 좋아요

푹푹 찌는 더위는
당연하듯 찾아오고
햇볕에 그을려
새까매진 채
맨몸으로 바다에 뛰어드는 게
당연해진 날들

며칠 전에 샀던 별로 달지 않은 수박을

설탕 조금 넣고 갈아 챙겼어요

무성한 나뭇잎 밑에

좁게 생긴 그늘 찾아서

돗자리 펴고 앉아 쭉 들이킬 때

바로 그때요

땀이 나서 온몸이 끈적하다며

그렇게 불평하다가

같이 누워 지나가는 구름 보면서

서로 땀으로 젖은 못난 얼굴 닮았다며

낄낄거리다가

다시 볼을 맞댄 채 잠드는

그런 여름이요

스쳐지나가는 것에 대해

쉽게 밀려왔다
발바닥만 간지럽히고
쉽게 떠내려가는
바닷가의 파도를
사랑하지 않으려
노력한 날들

스쳐 지나가버릴 것은
내 조그마한 마음에
담아두지 않겠다고
다짐한 날들이었지만

때로는 스쳐보내기도
때로는 고이 담아두기도
떠나가 버릴 것 알지만
때로는 깊이 사랑해서

내 전부를 건네보기도

할 수 있는 내가 되기를

그것이 용기라는 것을

알게 되기를

나의 개

날 지그시 바라보는 너의 투명한 눈동자에서
나는 온기라는 것을 느끼고

온몸으로 나를 반기며 보이는 환한 너의 미소에
나는 사랑이란 것을 알게 돼

지친 내가 너의 등에 기대 눈 감을 때
나는 믿음이란 것을 배워

밀려 들어오는 파도에 발 적시며
우리 같은 곳을 보고 걸을 때
나는 세상이란 것을 이해하게 돼

내게 모든 것을 알려준 너를
이제 내가 안아줄게

낙엽

알리려 온갖 애를 써도
전해지지 않은 진심은
고이 접어 넣어두고

자연스레 흘러가는
바람 한줄기에
내 한 몸 맡겨볼게요

바람을 견뎌내지 못한
여린 마음들은
모두 굴러떨어져
가버리겠지요

제때 되면 떨어지는
저 밤나무 낙엽처럼
언젠가는 제풀에 꺾여
흉터 없이 떨어지겠지요

초가지붕

바람 한 줌에
쉽게 넘어지는 새풀이라지만
서로의 손 꼭 잡고
그 매섭다는 태풍에도
꿈쩍하지 않을 거예요
맞닿은 손 아래에는
우리를 믿고 있는
소중한 사람들이 있거든요

비가 오고 눈이 오면
그리고 또 반복되면
점점 가라앉겠죠
그래도 괜찮아요
한 해 간의 노고를 알아봐 준 이들은
봄이 오면 수고했다며
또다시 산뜻한 새풀들로

머리 위에 포근한 이불을 덮어주니까요

이 무르고 약한 한 몸이지만
그들에게 도움이 될 수 있다면
도움이 되었다면
우리는 긍지를 가지고
이 밤을 맞이할래요
행복했다고
행복하다고 말할래요

청춘

아끼고 싶지 않은 마음은
아끼지 않을게요

선명한 색깔로
칠하고 싶어요

파랗게 칠해지고 싶어요

새파래진 유채꽃향기가
돌담 사이로 넘쳐나
흘러내려버려도
괜찮다고 말해주세요

|작가의 말 - 강연주|

아직은 정립되지 못하고 일렁거리는 마음을 표현한 솔직하
고 투박한 글들이지만 옆에서 지지해주고 응원해주신 분들
께 진심으로 감사드립니다. 이제야 사회 생활에 걸음마를 떼
고 있는 상태이지만 저를 믿고 시집 출간을 제안해주신 제주
에서 만난 훌륭한 인연들과의 시간은 너무나도 유익했습니다.

2부

표선 아기해녀

조은별

바닷물을 마구 들이켜 맵고 짠 바다
인생을 살면서도, 물고기들과 바다를
누비며 희망과 행복캐는 아기 해녀
가장 황홀한 순간은 물질 후에 바다를
바라보며 마시는 맥주 한 잔! Cheers!

해녀 면접

"어디 살암시니?

어멍, 아방은 이시냐?

무사 물질은 허잰햄시니?

공부 헌 아이가 미시거허래[1] 촌에 와시니?

말은 알아 먹엄시냐?

물질 허민 얼굴 카그네 시커멍해영 못생겨지매

야이, 고생길 훤햄쪄?

반찬값도 못 벌껀디 서방이 돈 하영[2]

 벌엄시나?"

"야이, 아이가 빙삭이[3] 잘 웃엄쩌이

오늘부터 물질허라"

---

1 뭐 하러

2 많이

3 빙그레(슬며시 입을 벌리는 듯, 소리없이 가볍고 부드럽게 웃는 모양)

그렇게 나는 해녀가 되었다.

아기 해녀 첫 물질

테왁[4]과 잠수복 채비하고
삼춘들 따라 바다로 간다.

닻 돌멩이를 찾고
쑥으로 수경을 닦는다.

이리저리 소라 찾아
바다 휘저을 때
삼춘 한 명씩 다가와
몰래 건넨 소라 한 주먹

"은별이 소라 하영 잡았쩌"

"잘만 배우민 물질 잘허키여. 꼬마 상군인게"

---

4   해녀들이 작업할 때 쓰는 도구로 바다에서 몸을 의지하는 부력도구이
며, 망사리는 채취한 해산물을 보관하는 그물 주머니로 테왁과 망사리를
함께 사용한다.

열세 명 삼춘들과 나만 아는 비밀 이야기

잠잠하라

잔치 커피 마시며 기다려도
성난 파도 거칠기만 하네

벌써 두 시간째,
내 마음도 모르고
분주하고 들썩이는구나

고요한 마음, 충만한 사랑이
가득 차고 싶구나
내 마음도, 파도도 잠잠하라

해녀들 물질하게
파도야 파도야 잠잠하라

날씨

바닷속 스며드는 찬란함에
깊은 물속도 무섭지 않다

멸치 떼가 휘감아주는 황홀함에
쏟아지는 별 빛을 보는 듯하다

바다 수면으로
떨어지는 빗방울을 바라보며
또 다른 세계가 펼쳐진다

발가락 힘주며
오리발 힘껏 차고
테왁을 벗 삼아
거센 파도를 헤쳐 나아간다

바다가 삶의 터전인 해녀는
변화무쌍한 바다를 사랑한다

비틀거리는 술고래

고된 물질 후
바다 노을 보며
시원한 맥주 한 잔
황홀한 조합

어제의 쾌락은 굿바이
머리는 어질어질
오장육부 파도치네

3시간 동안 태왁 간신히 붙들고
소라 7개 따며
살아나가기만을 기다리네

해장 없는 물질
술고래에게 바다는
호락호락하지 않은 곳

매일 잊어버리고,

또다시 고뇌하며

비틀거리는 술고래

숨벼봐라

숨벼봐라
호멩이 꽉 잡아 바위 긁으며 물 아래를 보아라

숨벼봐라
서로의 숨비소리를 들어라

숨벼봐라
욕심부리지 말고 너의 숨만큼만 해라

숨벼봐라
올라올 숨은 꼭 남겨야 한다

숨벼봐라
물 위에서는 천천히 숨을 쉬어라

숨벼봐라

이 거친 바다를 너의 숨과 몸으로 누벼라

이 바당은 너 바당이여

표선 동상동 바다
열네 명 해녀

물속에서는 인어공주
물 밖에서는 꼬부랑 할망
허리, 무릎에 파스가 한가득

"우린 몬딱⁵ 늙어부난,
이 바당은 너 바당이여"
모두 내 바다라는데
서글픔이 한가득

물벗 없는 바다는
무섭고 캄캄한 곳

---

5 모조리, 몽땅

삼춘들의 시간을

10년씩 되돌리고 싶은 날

이제 물질 못할키여

물소중이, 물적삼입고
가장 먼바다 물질하는
시어머니도 상군 해녀
나도 상군 해녀

수애기[6] , 거북이도 만나멍
70년 물질해신디
이제 물질 못허키여
몸이 고장났덴햄쪄

손 때 묻은 미역이불
목욕의자 만지며
눈물이 왈칵

---

6 돌고래

검은여가 물 위로 나왔는지
나방여에 파도가 치는지
바다만 보며 살았네

아이들 잘 키워준 바다가
엄마처럼 고마워
바다에 하염없이 인사하네

물마중

손수레 가지고 물 마중 나온
87세 최고령 상군해녀 남편 할아버지

바다에서 나온 할망에게
"수고햄쩌" 라는 따뜻한 인사

바다의 짠물 마셔
목이 마를 때 건네는
시원한 물 한 잔

삶의 무게를 나누어
살아갈 힘이 생기는 물마중

소라 먹고 살꺼우다

회사 그만두고 물질한다고 하니
등짝 때리며
내 밥벌이 걱정하는 해녀 삼춘들

돈 열심히 벌어오는 남편과
아이는 없어요
맥주 사 먹는 거 말고는 돈 안 써요

삼춘들이 물질 잘 가르쳐줍써
상군 해녀돼서
하영잡은
미역이영 소라 먹고 살꺼우다

뭐 햄시니?[7]

물질하다 지칠 때
성게 하나 호멩이로 썰어
바다에 풍당 떨어뜨린다.

성게로 몰려든
파랑, 노랑 물고기 구경하다
삼춘한테 걸렸다.
"야야게! 뭐 햄시니? 물고기 구경하멘?"

물질하다 배고플 때
성게 하나 호멩이로 썰어
호로록 입에 넣다가
삼춘한테 걸렸다
"으이그! 뭐 햄시니? 또 먹젠?"

---

7 뭐 하니?

작은 딴짓도

쏜살같이 알아보는 삼춘들

삼춘들도 왕년에 딴짓 많이 해봤으려나?

해녀들의 바당 속 지혜

"네 숨만큼 허라"
할 수 있는 만큼,
주어진 만큼,
자족하는 삶을 살아라

"숨 이실 때 올라오라"
지치지 않는
삶의 균형 필요하다.

"구쟁기 고득 담은 테왁은
아멩 버쳐도 느가 들엉 나와선다[8] "
내 삶의 무게는
스스로 책임져야 한다.

---

8 뿔소라 가득 담은 테왁은 아무리 힘들어도 너가 들고 나와야 한다

바당헌티 잘못햄쪄

바다 풀인 감태가 사라지고
전복은 씨가 말랐다
바위는 하얗게 눈 내리고
물질하다 떠내려 온 비닐이 얼굴을 감싼다

화려한 물고기 같은 납덩이 낚시찌
두둥실 떠다니는 스티로폼 부표들
바위를 감싸 안은 그물

필리핀에 있어야 할 열대어
플라스틱 생수병에서 자라는 보말

테왁 가득 쓰레기 담아 뭍으로 나온다
처참한 바다를 보고
내가 할 수 있는 건 이것뿐

바당이 오염되부난

할망보다 더 늙어점쪄

바당헌티 잘못햄쪄

다정한 안부

"어디감시니?
몸은 펜안해시냐?
밥은 먹엉 댕겸시냐?"

카리스마 넘치던
해녀 삼춘들도
동네 어귀에서 만나면
바다보다 더 반가운 기분

서로의 마음을 녹여주는
말랑말랑한 다정한 안부

밤바다

먼바다 수많은 별들이
반짝인다

걱정과 고민은
바다에 맡겨두자

파도처럼 흘러가게
바다처럼 깊어지도록

일렁이는 파도가
달빛 사이로 지나간다

하늘의 별

손 닿지 않을 곳
저 멀리 별이 있네

너와 나의 다른 생각
아픔과 고뇌의 시간
주위를 둘러싼 걱정들

이루지 못한 길을
하염없이
자꾸만 돌아보네

너와 내가 다시 손잡고
서로가 빛이 되어
밤하늘을 바라보자

안아줄게

널 위한 기다림
다정한 인사와
햇살 같은 포옹

설레는 대화
기분 좋은 바람
구름 위를 걷는 발걸음

너와 닮아가는
나의 취향과
생활 방식들

서툴고 부족해도
온몸으로
사랑했던 기억들

너와 나의 시간이 달라서

다른 곳을 향해

여행을 준비해

무지개가 뜨면

우리의 좋았던 시간을

기억해 줘

널 기억하고 있을게

다시 달려갈게

뜨겁게 안아줄게

4월의 할 일

고사리 장마 시작으로
일 년 동안 먹을 고사리를
한 달 동안 따는 일

고사리 앞치마,
파란 장화 신고
초록 들판으로 가자

가시덤불 사이로
머리 내밀고 올라온 고사리
손으로 톡톡 꺾어라

목장을 지나
오름을 지나
앞으로 앞으로
앉았다 일어났다

가방 가득 담긴 고사리를

끓는 물에 삶아

밑동이 뭉텅해지면

살랑이는 바람에 일광욕

고사리가 기지개를 켜면

4월의 할 일 끝

끊어진 연

북한산을 제집처럼 달렸던 사내가
힘겹게 지하철에 오른다.

허전한 옆구리
메고 있던 가방이 없다.
무슨 색이었는지,
어떤 모양이었는지 모르겠다.

7호선, 4호선, 마을버스
어디다 놓고 온 거지?

병원에서 받은 한달분 약
"꼭 찾고 싶어.
딸아! 멀리 사는데 미안하다."

매일 다니던 길도,

내 이름의 통장번호도,

내 집 문 번호도,

생각나지 않는다.

그치만, 딸아! 걱정 마라!

네가 태어난 날,

널 위해 불러주던 노래,

너를 목마 태우고 떠난 나들이,

나 아닌 딴 놈에게 보내던 너의 결혼식은

절대 절대 잊지 않으마.

넓은 어깨로 세상을 후리던

사내는

오늘도 안개 속에서 산다.

망할 놈의 립스틱

15년간 아픈 시어머니 부양과
태평양 술고래 한량 남편

줄줄이 시동생 대학, 시집보내놓으니,
이사 갈 때마다
우리 옆집으로 따라오는 두 시누이들

운동부 하숙생 10명 배 채워주고
두 딸 숙제 봐주면
어두운 밤이라네

고달픈 인생 살이,
그리운 엄마 생각에
밤하늘 보며 글썽이네

영동 다방에서 꼬인 내 인생

미팅 소지품으로 꺼낸

망할 놈의 립스틱

|작가의 말 - 조은별|

제주도 이주 3년 차, 제2의 인생을 제주해녀로 살고 있다.
든든한 13명의 표선 동상동 해녀 삼춘들이 옆에 계서
거친 파도를 마주하며 헤쳐 나갈 수 있는 힘이 생긴다.
해녀복 입을 때 서로 옷매무새를 다듬어주는 손길과 물질
전에 마시는 믹스 커피가 세상에서 가장 달달하다.
삼춘들이 들려주는 바다 이야기들이 잔잔한 마음속 울림으
로 다가와, 시를 통해 소중하게 기억하며 전달하고 싶다.

3부

아무것도 아니다

소광오

시를 처음 접한 건 고등학교 1학년때
였다. 그때는 그저 친구들 만나는 게
좋아서 모임에 나갔던 나였는데
이제는 40대 중반에 시를 다시 쓰게
되었다. 그것도 아름다운 섬,
제주라는 특별한 곳에서 시작되었다.

새벽

이른 새벽 하얀 모래사막 가운데
뱃고동 소리가 여기저기 울려 퍼진다

하얀 모래사막 열기 때문인지
여기저기 들려오는 뱃고동 소리 때문인지

잠 이루지 못하고 뜬 눈으로
나 홀로 외로이 지세 운다

아, 하얀 모래사막 열기라도 먼저 잠재운다면
깊은 잠 이루려나

깊은 새벽 하얀 모래사막 바람과 피곤이
불어온다

어머니

얼어붙은 바닥, 공기, 이 겨울
얼마나 잠들어 있었는지 모른다.

흐릿한 의식 속, 봄의 손길을
느끼기 전에는 알지 못했다.

그 외롭고 긴 시간 동안
얼마나 무섭고 힘들었을지,
이제 괜찮다. 수고했노라.

봄의 목소리를 듣기 전에는
얼마나 잠들어 있었는지 알지 못했다

그날처럼

그날처럼
눈물 흘릴지 몰랐네

그날처럼
웃을지 몰랐네

그날처럼
사랑하게 될지 몰랐네

그때 그날처럼
봄이 올지 몰랐네

바람길

뜨겁지도 차갑지도 않은
기분 좋은 바람이 불어온다

이걸 놓칠세라 아이 하나가
바람길로 올라탔다

연이어 다른 아이들도 줄줄이
바람길로 올라탄다

이 모습을 보고 있던 어른 하나도
그들 사이로 끼어들어 보지만

아이들은 사라지고 그저 텅 빈
거리에 꽃잎들만 흐트러져 있을
뿐이였다

미안함에 대하여

미안하다 이제 와 백번 천 번
말한들 나의 잘못을 돌이킬 수 없다

너의 상처는 평생을 지울 수 없겠지만
미안하다는 말 한마디로 대신하려 한다

이런 나를 용서해라
이런 나를 버리지 마라

이제 너를 정성으로 아끼고
함부로 대하지 않으며 평생을
사랑하겠노라 맹세한다

그러니 그만 일어나라
미안하다
미안하다

그 밤

모든 이가 잠든 시간
별빛 쏟아지는 소리에
나는 울었다

새하얗게 부서지는 파도에
사람들 노래에
나는 걱정이었고

따뜻하게 불어오는
봄바람에 꽃잎이 날려도
나는 그리웠다

그대는 꽃

그대들이 꽃피우기까지
그 얼마나 오랜 기다림이었을까?

그 얼마나 찬란한 아름다움을
보여주고 싶었을까?

그 얼마나 그대들은
더 빛나고 싶었을까?

그 얼마나 그대들이 아쉬웠을지
나는 이제 알 것 같다

걱정하지 마라 그대들이여
이제 내가 찬란하고 아름답게
꽃 피울 차례이다

해녀라는 이름으로

파도가 출렁이는 바다 보며
미소를 머금는다

저승 돈 벌러 간다는 가련한
뒷모습은 가늘게 떠는 듯하다

파도를 가르며 뱉는
숨비소리는 안도의 한숨이고

건져 올린 소라에는 영혼을
불어넣는다

불턱에 앉아 차갑게 굳어 가는
몸을 녹이며 부른 노래는

고단함을 달래고 바다에
고마움을 전하는 노래이고

깊고 깊은 주름 하나하나는
세월에 흔적이고 사랑이고 기쁨이고
슬픔이고 살아 돌아온 훈장이었음을

당신은 아시나요

아침 햇살 가득히 전해지듯
당신 목소리에 눈을 떴을 때
그 어떤 노래보다도 아름다웠습니다

하늘하늘 바람이 내 볼을 스치듯
당신 손길이 내 볼을 어루만질 때
그 어떤 따스함보다도 따뜻했습니다

내게 사랑한다 말할 때
겨울날 봄이 오는 소리를 듣는 듯
세상에서 가장 행복했습니다

입맞춤을 할 땐
스르르 녹는 솜사탕처럼
달콤함에 너무나 황홀했습니다

내 손을 잡아 줄 때
태평양을 횡단하는 겁 없는 사람처럼
무엇이든 할 수 있는 용기가 생겼습니다

날 향해 미소를 지을 때
석양 아래 잔잔한 바다를 보는 듯
내 마음을 평온하게 했습니다

당신은 아시나요.
나에게 없어서는
안 될 존재임을 아시나요

이 세상 그 누구보다 당신만을 사랑하는
이런 내 마음을 당신은 아시나요

동백꽃 질 무렵

빛 한 점 없는 암흑 속
희미해져 가는 빛들

그 눈동자는 어지럽게
움직이고

배고픔에 들려오는
천둥 같은 소리에

날카로운 칼날이고
가시방석이었다

하지만 이 또한
연민이고 사랑이고

이별에 아픔이고
눈물이었다

편지

어느덧,
불그스레 변한 소녀의
얼굴처럼 가을이 다가왔다고
전하고 싶습니다

새 하얀 눈이 쌓인 길 위로
둘 만이 발자국을 남겼던
그 겨울을 기억하느냐고
묻고 싶습니다

새싹이 오르고 꽃이 피고
사랑이 피어오르고
꽃잎이 바람에 휘 날려도
행복했다 말하고 싶습니다

유난히 뜨거웠던 태양 아래
우리 사랑은 더 뜨거웠고
밤하늘에 별 보다도 빛났던
한 여름밤 꿈에 빠져들 무렵

어느덧,
불그스레 변한 그대 얼굴처럼
나의 가슴도 물들어 갈 때
나무 가지가 흔들리고 잎이
하나 둘 떨어지고 내 심장마저
떨어졌다고 전하려 합니다

산책

따스한 햇살에 창가에 앉아
지그시 눈을 감을 찰나에
동네 꼬마 녀석들이 시끄럽다

시끄럽다고 소리 쳐 보지만
녀석들은 아랑곳하지 않는다

이런 나를 보며 형은
시끄럽다며 산책 가자고 한다

그 소리에 내 심장은
요동치기 시작한다

적당히 불어오는 시원한
바람과 바다 냄새와 풀 냄새를
나는 좋아한다

하늘을 붉게 물들이는
서쪽 노을이 좋고

별님이 반짝이고 달님이 밝게 비추는
밤 산책도 좋아한다

그리고 더 좋은 건 형과 함께
거닐며 소리 지르는 것이다

이런 걸 내가 좋아하는지
형도 알고 있는 듯하다

가끔 실수를 해서 혼나기도
하지만 형과 평생 함께 하고 싶은
나는

푸들 호두이다

나의 이름은

언제였는지 기억나지도 않는
시간들이 흐르고

계절이 바뀌는 것을
유리창 너머로 알 수 있었다

짧은 머리 셀 수도 없는 주름
초점 없는 눈동자
어딘가 어색한 옷차림

이런 나를 찾아오는 이는 없고
그저 끝도 없을 것 같은
어둠만이 나를 찾는다

그리고 눈을 뜨면
지나는 이들을 붙잡고
같은 말을 내뱉는다

남원리 108번지 방앗간
날 집에 데려다주오

나를 기다리며 울고 있을
아이들이 있는 집으로 보내주오

항상 미안한 마음뿐인
큰딸 하정이

겉은 강해 보이지만 하염없이 여린
작은 딸 윤정이

나이는 어리지만 가장 든든한
막둥이 준호

그리고
나의 이름은?

살 수 있다

끝없는 고통 속에
검게 물들어 가고

끊이지 않는 웃음소리에
깊은 어둠 속으로 빠져 든다

수많은 방관자 속에서
외로이 가시밭을 걸었고

마음으로 쌓아 올린
오랜 성마저 무너져 내렸다

머리는 생각하기를 멈춘 지
오래고 갈 곳 잃은 육체는
미친 듯이 거리를 휘젓는다

그리웠다
따스한 손길이 미치도록

듣고 싶었다
마음 울리는 한마디를

벗어나고 싶었다
어둠에 굴레에서

살고 싶었다
아니, 이제는 살 수 있다

흑백사진

모든 색색의 겹들이 사라지고
저 깊은 내면에서 끄집어 올린 듯
내리쬐는 빛들에 굴하지 않음이 좋다.

'어떤 색이 좋다'를 정하지 않는 똑같은
시선들이 좋았고 편견 없음이 좋다

이 세상 또한 흑백의 시선들로 채워지길
겉의 색이 아닌 내면을 바라봐 주길

그렇게 흑백사진을 보는 시선으로
바라봐 주길

나의 세상

꽃잎이 툭!
내 마음도 툭!

지난 기억이
눈꺼풀이 툭!

1분이 툭! 1초가 툭!
나의 삶이 툭!

나의 세상 모든 것들이
힘없이 무겁게 내려진다

아무것도 아니다

살갗을 무참히 찢어발겼던
차가운 고통도

간혹 지독하게 밀려오는
공허한 외로움도

끝이 보이지 않는 부질없음에
하염없이 울고 싶은 나날도

하루에도 수십 번씩
숨 막힐 것 같은 기분도

미치게 집어치우고
싶은 마음도

쉼 없이 저울질하는

감정들도

하루 종일 귓가를 괴롭히는

기계음도

지난 비가 오는 날에

설렘도 사랑도

아무것도 아니다

나비

어느 봄날
내가 잠든 사이
늘 함께하던
나비가 떠났다

늘 함께 했고
사랑했지만
미련하게
나는 몰랐다

나비가 떠난 뒤에야
후회하고 아파했지만
이미 늦어버린 걸 알았다

다, 나의 잘 못 인걸 알기에
나는 아직도 아픈가 보다

너에게 가는 길

밤하늘에 별이 반짝이듯
지상에 별이 반짝인다

너에게 가는 길이 어둡고
험하지만 그 또한 사랑으로
견뎌냈었던 나를 기억한다

이 순간이 지나면
오랜 그리운 나날을
보내야 한다는 걸 알기에

조심스럽게 외나무를 건너 듯
그때 그 설렘으로
너를 만나러 간다

편 지 : 두 번째

모든 살아있는 것들이 겨울을 준비하듯
나도 겨울을 준비하듯 잠들었다고 생각해요

봄이 오면 우리가 약속했던 복숭아나무
아래에서 기다려줘요

당신의 심장을 분홍빛 꽃잎으로
물들이 듯 찾아갈게요

따스하게 불어오는 바람이 그대 얼굴을
간지럽 태운다면 나의 손길이라 생각해요

느닷없이 소나기가 내리는 날이면
혼자서 슬퍼하고 있을 그대를 위한
내 눈물이라 생각해요

붉게 물든 나뭇잎이 떨어지는 날이면

떨어지는 잎들 사이에 우리의 기억들도

함께 묻어 둔다면 좋은 기억이든 나쁜 기억이든

내가 다 가져갈게요

또 모든 살아있는 것들이 잠이 드는

겨울이 오고 또다시 꽃이 피는 봄이 오고

비가 내리는 여름이 오고 나뭇잎이 떨어지는

가을이 오고를 반복하듯

당신은 비어 가는 기억 상자를

새로운 기억들로 채울 수 있을 거예요

|작가의 말 - 소광오|

제주에서 터를 잡은 지 4년이란 시간이 흘렀지만 여전히
제주라는 섬이 더 알아가고 싶고, 알아 갈 때마다 신비롭
고 황홀하다. 이곳에서 시를 다시 쓰게 될 줄은 상상도 못
했는데 감회가 새롭다. 하지만 아직도 시가 서툴고 어렵
다. 문득 떠오르는 감정들로 써 내려가는 게 전부이다. 그
래도 누군가가 나의 시를 읽고 자기만의 감정으로 다시 해
석하기를 바라본다.

4부

모든 것을 두고 왔다

차재혁

1970년생
서울 강북구에서 나고 자람
현재 서귀포시 표선면에 거주
걷는 것을 좋아하고
억지로 하는 것을 싫어한다

긴 밤

가위눌리면 바위 하나 얹혀
꼼짝할 수 없어 가위는 바위
바위에 양 날개 짓눌려 움직일 수 없어 바위는 가위
가까스로 눌린 바위 털어내고
사건을 직면하고자 똑바로 누워보니 바위가 납작한 지구
가위는 지구
가위에 눌려 납작해진 지구

가위는 바위
바위는 지구
가위는 지구
아무도 살피지 않는
가엾은 지구
뽑아내고 캐내고 쪽쪽 빨아
홀쭉해진 지구

가위는 바위를 이길 수 없고
바위는 보를 이길 수 없고
가위는 지구를 이길 수 없어

지구가 살아날수록 가위는 여위어 가
가엾은 지구를 보살펴야 가위는 사라지고
바위는 공중으로 부양하고
신음하지 않는 긴 밤
지구를 생각하는 긴긴밤

낯선 부류

갯바위 반쯤을 덮치고 꼬리를 시계 추처럼 흔들고 있는 호랑
이 용암의 흔적들로 만들어진 검은 돌 해변에 불시착한 우주
선 캡슐 피를 토하며 길게 늘어진 불사조 바쁘게 허공을 달리
는 종이 인간들 앞선 뱀 꼬리를 물고, 허리를 몇 바퀴나 감고
검은 구멍 난 돌무덤을 기어 올라가는 수백 마리의 뱀 유난히
낮은 코에 성난 표정으로 굳어버린 큰 바위 원숭이

신풍 포구를 저 앞에 두고
멈칫 섰다

내 세상

세상에서 제일 힘든 일은
앉았다 일어나는 행위

그중에서도
연필 하나 잡으러
일어나는 행위

연필은 저만치 떨어져 있는데
제 자리에서
앉았다 일어나는 행위

너에게로 가는 버스

그 버스를 탔다
지난번 내게 올 때 네가 탔던 그
버스가 네게 닿기 전 나는 내리는데
예행연습인 줄 모르고 내릴 곳을 지나쳐
너에게로 가고 있는 버스

버스는 사람들을 태우고 캐리어를 싣고
피로를 몰고 유행을 선도하며
잘도 달린다

더 이상 너는 오지 않고
연습 삼아 타야만 하는
너에게로 가는 버스

답변

육지에 모든 것을 두고 왔다
가족도 이불도 친구도 단골 술집도

관계 끝을 붙잡고 하늘길 내내 늘어뜨려
거미줄처럼 가늘게 만들고
긴장의 끈을 조각조각 잘라
엉성한 바다보를 만들어 띄운다

아무것도 가져가지 않으려 노력했다

알람을 버리고
일정표를 생략하고
섬으로 향했다

섬에서는 시간이 많았고
걷기 좋은 해안 길과 오름이 있었다

그곳에 있었다

모든 것이

당케포구를 떠나며

떠날 준비를 한다

세수만 하고
로션은 바르고
운동화 대신 슬리퍼를 챙긴다

책장 앞 한 줄로 가지런한 옷가지를
열 손가락으로 쓸어내린다
핸드폰과 충전기를 잊지 않고

마지막으로
시집을 챙긴다

아차차
배낭을 뒤집어 비우고
시집을 맨 밑바닥에 넣는다

올 때는 제일 위에 있던 놈들이
이젠 가장 밑바닥이라

'시' 라는게 위에서 놀지 말고
바닥을 훑어야 하니
너의 자리 그곳이 맞겠다

도망가자

떠날 준비를 하는구나
떠날 수 있는 명분을 만드는구나
내가 떠나는 것이 아니다
네가 떠미는 것이다
그렇게 믿을 수 있도록
그것이 내 이별 준비로구나

그대의 당당함이 경솔해 보이고
그대의 솔직함이 공격으로 느껴집니다
여전히 그대는 그렇지만
여전하지 않은 내가 그렇게만 보이지 않네요

진정 나만 변한 걸까요
떠나기 위한 이유를 찾기 위해
억지로 퍼즐 껴 맞추기를 하고 있나요
다시 돌아오려면 이런 맘 숨겨야겠어요

행여 다신 보고 싶지 않다면
있는 말 없는 말 다 해도 되겠죠

그런 요란한 이별을 원하지 않기에
나만 아는 이유를 갖고
나만이 머무는 곳으로 갈 거예요
그럴 거예요, 그러했었으니
그래도 괜찮을 거예요
힘들지도 외롭지도 않을 거예요

비밀의 숲

밤은 잔잔했고
달빛은 은밀했다
바람은 검은 바다로 몸을 숨기고
낚시꾼의 형광 찌는
마지막 아쉬움을 달랜다

비밀을 털어놓기 알맞은 밤이다

갔던 길을 다시 걸으며
새로운 길을 걸어보며
나눈 대화들이 뿌려진다

티끌만큼이라도
부족하다면
나 자신에게
부끄럽다면

되돌아 걷고 싶은 맘이라고

다시 걷는다면 다르게 걸어보겠다고

자책하던 진심이 뿌리를 이룬다

어떻게 살아가야 하는지

알고 사는

진짜 어른이 되자던

읽고

쓰며

성찰하자던

다짐들이 줄기를 이룬다

옅은 노란색 희미한 달빛도

그 달빛마저 품은 진회색 구름도

소중하단 걸 알아버린 순간

꽃이 피고
열매 맺는다

제주, 밤 산책

밤 바닷가에
풍성한 숲을 이룬다

사랑칙연산

사랑을 나누면 '사'와 '랑'이 될까

반만 사랑일까

반으로 나누지 않고 셋으로 나눈다면

백으로 나눠도 내게 돌아오는 몫이 있을까

사랑을 나누면 곱이 될 수도 있다던데

네 눈빛 네 입술 곱씹을수록 두 배 세배 커져가겠지

풍선처럼 둥둥 떠다니기도 하겠지

너무 부풀어 터지는 순간도 오겠지

사랑에 무엇을 더해야 끝사랑이 올까

무한대의 신뢰를 더할까

제로에 가까운 소유를 더할까

사랑에서 빼야 할 것은 '외'

빼지 말아야 할 것은 '첫'

사랑+사랑×사랑÷사랑-사랑=사랑

신천포구

녹슨 크레인
옆구리 잘린 철로
곤장 맞듯 누워있는 사각 통나무

휘어진 깃대
찢어진 깃발
오복이도, 유성이도
밥벌이 안 한 지 오래

온갖 바다생물들이 널뛰고 날뛰던
호우시절 있었지만
지금이야 몸값 떨어진 열다섯 척 녀석들이
포구 밖 거친 파도를 피해 웅크리고 있는 도피처

비스듬한 철로 위 짐칸 지탱하고 있는 쇠심줄
놓지 않는 한 육지

꽃 피고 새 우는 육지
고래 싸움에 새우 터질지라도 여긴 육지

밥벌이 못하고 숨어 지내도 바다
고래 싸움에 허리 휜 새우 모양이라도
포구에 타이어 걸고 있어도 여긴 바다
기름 치고 엔진 돌리면 거친 바다

썸2

본격적으로 마시기 전에
몇 가지
물어보고 싶은데

나를 어떻게 생각하는지

아니다
술은 다음에 하자

아니지
이미 첫 잔을 마셨으니
질문을 다음에 할게

.

어쩌다 보니

차귀도는 세화를 낳고
세화는 사계를 낳고
사계는 표선을
표선은 당케를

당케포구는 토끼섬을 낳고
토끼섬은 올레길 18구간을
올레길 18구간은 7번 국도를 잉태한다

강릉은 속초를 낳고
속초는 삼척을 낳고
삼척은 양양을
양양은 고성을

나는
지금

어쩌다 보니

오게 된 아프리카에서

타이탄을 바라보고 있다

언제부터 시작할지 몰라도 되는 이유

오다 주웠는지 불쑥 내민 시집
해맑은 노랑에 안전하게 쌓인 그 시집

그것은 일종의 신호
가령의 사인
변곡점을 알리는 도구

누웠던 몸을 일으켜 바르게 앉고
치워야 할 어수선한 공간을 살핀다
이미 뭔가 달라지고 있음을 감지하고
다르게 다져 먹는다

방향 전환은 맘에서 맘먹기 전
불쑥 무언가로 던져진다

이것이 내 식사시간을 바꾸고

취침 시간을 조정하고
더 많은 사람의 더 큰 패턴에 영향을 주고
전 세계 누구나에게 개입할 것을 생각하니
노랑 시집이 뻘건 쇠붙이다
무거워 두 손으로 받쳐 든다

파랑 하늘이면 어떻고
붉은 화분에 초록 화초들이면
시를 다시 쓰지 않았을까

운명공동체

그가 궁금해 그의 책을 본다
그가 보는 책이 부러워 좋아하는 시인의 시집을 읽는다

시를 향해 아들아 하고 불러본다
불러본 김에 대화를 시도한다
너의 시는 너처럼 이해하기가 쉽지 않구나
장난과 유머가 나를 꼭 닮았구나
책의 활자들이 헤쳐모여 답을 한다
우린 서로 다른 개체인데 완벽하게 이해하려 하지 말아요
내 시는 나예요 누굴 닮은 시가 아녜요

아, 둘이 될 수밖에 없는 운명따로체로구나
아, 들어 보니 듣지 말걸 그랬구나

그래도 대화를 더 하고 싶었다
왜냐고요

말이 잘 나와요

말이 잘 만들어져 나와요 ,

단어가 적합하고

흐름이 원활하고

표현이 고급스러워요

유머러스하고요

그의 시가 잘 들어와요

그의 시가 잘 정돈돼서 들어와요

감정의 디테일이 장난스러운 장난이

확장되기 직전의 미확정이 보여요

아, 둘이지만 운명따로체는 아니었군요

아, 읽어 보니 읽어보길 잘했군요

월정리 해물짬뽕 전문점

매일 주는 게 아니군요

뭘 말이죠

쫀드기요

아, 어제는 드리고 오늘은 아니에요

아니, 왜

어제는 특별했고 오늘은 아니에요

아니, 뭐가

어제는 파리가 날아다녔고

오늘은 손님이 바글거려요

그럼 쫀드기를 받으면 위로의 말로 값을 치러야 하는군요

나라면 오늘 쫀드기를 주겠어요

주는 사람도 받는 사람도 기분 좋은 오늘 말이에요

받는 사람도 기분이 좋은가요

이까짓 거 쫀드기 때문에

그것보다는 어제가 아니라 오늘이라 기분 좋은 거예요

파리 바글거리는 어제가 아닌

사람 날아다니는 오늘이라서

은별

낮에는 물질하며 표선 바다 누비는 아기 해녀
밤에는 돌 테이블 둘러앉아
밀리고 썰리는
파도 마음 헤아리는 은별

누가 알아주지 않아도
바다조차 알지 못해도
표선 바다 밤낮으로 지키는
아기 해녀 은별

기타 치며 노래하며
정붙이고 맘 나눠 주는

어딜 가도 사랑받고
누구에게나 웃음 주는

고사리처럼 쑥쑥 성장하고

미역처럼 주렁주렁 엮어가는

제주해녀

표선 바다 지킴이

은별

제주살이1

눈이 감겨 잠들었다
배고파 눈 떠 한 술 떴다
다시 눈이 감겨온다
다 자고 깨니
어제 읽다 접어둔
시집 한 권 눈에 들어온다

제주살이 2

우리 바다 한가운데로 가볼래?

바다로 나가려면 배가 필요하겠지

목선을 만들어볼까

요트를 수입해올까

목재는 어떤 걸로 하지

요트 크기는 어느 정도가 적당할까

배를 운전할 수 있는 자격증도 필요할 거야

그건 누가 따지

배를 우리가 만들 수 있을까

작은 요트도 가격이 엄청날 거야

애들아

중요한 건 그게 아냐

석양이 지고 있다고 상상해 봐

해가 막 뜨고 있어도 좋겠지

선선한 바람 부는 가을도

적당히 따뜻한 봄도 좋아

배를 몰고 먼바다로 질주하는 거야

바람에 머리는 뒤집어지고

햇살과 바람과 바다 내음이 섞여

코로 들어와 귀로 빠져나갈 거야

소리를 맘껏 질러봐도 좋겠다

잠시 배를 멈추고 석양을 바라보며 와인 한잔할까

색색의 물고기도 많이 보일 거야

운이 따른다면 돌고래를 볼 수도 있을 거야

음악도 준비하자

아무 생각 없이 바다멍도 하고 싶네

돌아오는 길에는 저녁은 무얼 먹을지 얘기 나누자

가든 파티, 그래 그거 하는 거야

이런 날 밤은 아주 길 거야

각자의 바다를 품고 왔으니 말이야

다음날 아침은 눈부시겠지

어제의 바다가 눈앞에 있으니 말이야

지난 생각

두고 오지 못한 맘
전하지 못한 격려
차마 그럴 수 없었던 그때
눈물은 참을 수 있었지만
뭉개져버리는 생각과
흘러내리는 기억은 어쩔 수 없었다

어쩔 수 없는 것을 어쩔 수밖에 없는 것인가
그럴 수밖에 없다고 그럴 수 있는 것인가

더 나은 것도
최선도 차선도
어쩔 수밖에 없다고
그럴 수 있는 것일 뿐

이젠 잊어야 하겠지

그래야 하겠지

그럴 수밖에 없으니까

이제는

어쩔 수 없는

지난 생각이니까

진한 사랑이었으니까

추자도 등대

가는 비 소금 뿌리듯 오고
부연 안개 수백 층 쌓인 새벽
등대 한 척 뱃고동 울린다
길잃은 새끼 찾는 어미 고래의 울음
태고적 근원을 간직한 고찰의 종소리

모두가 보란 듯이 우뚝 서 올라
깃발 꽂고 나를 따르라
그 우렁찬 소리 보고 사방에서
원점을 향해 돌진하는 수백 척들

추자도 등대는
어미의 맘으로 불러들인다
애초의 뜻으로 불러모은다
선발의 의미로 치켜세운다

비는 그칠것이고
안개는 사라질 것이다
새끼는 돌아올 것이고
깃발은 내려질 것이다

마침내 등대 한 척 포구로 내려와
다친 몸 보살피고
엉킨 맘 풀어
잠시 쉴 수 있으리라

|작가의 말 - 차재혁|

남은 생 20년 계획을 수립 중이다.
이 기간 동안 삶을 정리 정돈하고 관계를 정비하려 한다.
어떻게 살아야 하는지는 알고 마무리하고 싶다.

나의 제주살이를 지지하고, 도움을 아끼지 않는 가족들과
주변 모든 분들께 감사하다.
방문해 주시면 집밥으로 보답하겠다.

오늘 여기, 제주

초판	2023년 10월 13일
저자	강연주, 조은별, 소광오, 차재혁
발행인	강봉구
펴낸곳	북만손출판사
등록번호	제406-2013-000081호
주소	경기도 파주시 신촌로 21-30
전화	070-7778-1940
ISBN	979-11-90535-15-1 03810

·이 책의 저작권은 제주시소통협력센터와 '제주에서 시작하다' 팀의 공동소유이며, 저자와의 계약에 의한 출판권은 북만손출판사에 있습니다.

·저자 및 출판사의 동의 없이 부분 또는 전체에 대한 무단복제 및 무단전재를 법으로 금합니다.